Michael Krowas □ Kuntze oder der Deall

AF280749

Michael Krowas □ Kuntze oder der Deall

AF280749

Michael Krowas

KUNTZE

oder
DER DEALI

Romanchen

Vorwort

Der geneigte, fachkundige Leser möge mir diese oder jene Nachlässigkeit bei der Beschreibung des Ablaufs einer Studioproduktion nachsehen. Es handelt sich bei dieser Story gewissermassen nur um einen schriftlichen Rough-Mix. Aus hauptsächlich zwei Gründen habe ich darauf verzichtet, jede Einzelheit genau auszuführen:

1. Der ganze technische Quatsch, den man wissen muss, um einigermassen klarzukommen, ist für den Laien viel zu kompliziert und zu langweilig.

2. Für mich auch. Ich bin zu blöd.

Übrigens: Wenn Sie sich erfolgreich durch die ersten Zeilen durchgewurschtelt haben, geht der Rest wie geschmiert. Grosses Räuberehrenwort. Falls meinem Deutschlehrer diese Seiten zufällig in die Hände fallen, wird er mich hassen. Aber er hat mich sowieso schon immer gehasst, und ich brauche manchmal solche Sätze. Etwa wie Sieglinde Lathmann von Zeit zu Zeit eine neue Dauerwelle. Aber lassen wir das.

Und noch was: Sämtliche Ähnlichkeiten mit lebenden, toten oder sonstwelchen Personen sind rein zufällig. Wie kommen sie darauf, dass solche Comicfiguren wirklich existieren könnten?

Ach so, ja: Einige Stellen des Buches sind in (Klammern) geschrieben, um gewisse nonchalante Bemerkungen des Autors von der eigentlichen Story abzusetzen. Wenn Sie den Klammertext nicht lesen, verpassen Sie nichts. Ehrlich. Wenn sie das Übrige nicht lesen, allerdings irgendwie auch nichts.

Last but not James: Danke. Danke, Douglas Adams, William Goldman, Ulysses Ehrhart, Jens Krause (irgendwie für alles) und Petra Wien. Steht zwar in keinem Zusammenhang mit dem Buch, kostete aber auch jede Menge Nerven.

HAGAN

oder

DIE PACHTIE

Kuntze mit Teezet hatte Joe Hagan auf einer dieser Parties kennengelernt, auf die man üblicherweise nur eingeladen wird, weil ein Freund jemanden kennt, dessen Schwester im selben Büro mit der Freundin eines Bekannten des Gastgebers arbeitet. Möglicherweise auch nicht die Freundin, sondern nur eine Cousine dritten Grades, und vielleicht auch nicht im selben Büro, sondern am selben Schalter, aber wir wollen doch nicht schon auf der ersten Seite kleinlich sein, oder?

Es gab da noch ein paar Schwierigkeiten, weil auf seiner Einladung einfach nur »Kunze« stand; auf der American Express, mit der er seinen Eintritt bezahlen wollte, war sein Name aber richtig geschrieben.

Dem Türsteher hätte man ohne viel Federlesens die Hauptrolle in einem Rambo-Film geben können. Sagen wir, in Teil 26: »Die Abrechnung mit Micky-Maus«, vorausgesetzt, jemand könnte ihn davon überzeugen, dass es wichtig wäre, Drehbücher zu lernen und nicht aufzuessen, aber schon der blosse Gedanke an ein Gespräch mit diesem Typen würde wahrscheinlich jeden normalen Menschen ohne akute Suizidgefährdung weiterhin an Sylvester Stallone festhalten lassen. Obwohl niemand so recht weiss, was Stallone mit seinen Drehbüchern macht. Lesen jedenfalls tut er sie nicht.

Kuntze mit Teezet ersuchte also diesen Herrn seit geraumer Zeit höflich und erfolglos um Einlass. Die Tatsache, dass er beim Ausdenken immer neuer, raffinierterer Vorwände, unbedingt auf dieser Party anwesend sein zu müssen, ständig auf den mächtigen Brustkasten seines Gegenübers einreden musste, weil es ihm völlig unmöglich war, den Kopf weit genug in den Nacken zu legen, um auch sein Gesicht zu sehen, beschleunigte seine Bemühungen ganz und gar nicht. Auch, als er anfing, mit seiner Rolex-Imitation herumzufuchteln, kam aus dem Mund des Türstehers nichts weiter als ein kurzes, heiseres Bellen, das er selber wohl für ein mildes: »Nein, mein Freund« hielt; für die umstehenden Zuschauer klang es allerdings eher wie die Laute eines Wolfs, kurz, bevor der Vollmond ein »Wer« vor seinen Namen setzt. Letzten Endes rettete ihn jedoch das Auftauchen von Sheila Schlüter, einer dieser Blondinen, die auf solchen Parties damit beschäftigt sind, mit geübtem Blick den prominentesten Prominenten aufzuspüren, seine Freundin mit fadenscheinigen Vorwänden wegzulocken, (Prominente haben immer Freundinnen) und ihm dann den Rest des Abends kleine Schweinereien ins Ohr zu gurren.

»Hi, Kuntze« sagte Sheila Schlüter und versteckte ihn kurzerhand zwischen ihren gewaltigen Brüsten, wo sie ihn sicher, weil unbemerkt, am Türsteher vorbeigeleitete.

Als Kuntze aus seiner Ohnmacht erwachte und erfreut feststellte, dass er nicht erstickt war, sah er sich nach Sheila um, doch die lehnte inzwischen an der Seite eines blonden Hünen an einer Säule und zog sein Ohr mit sanfter Gewalt zu ihrem Mund herab. Aus der Tatsache, dass die Freundin des Hünen nirgends zu sehen war, schloss Kuntze, dass er A: nicht besonders prominent sein könne oder er selbst B: ziemlich lange bewusstlos war. Mutig bestellte Kuntze bei einem der vorbeieilenden Kellner einen Cocktail, wobei er sich nicht sicher war, ob er ihn mit 'Herr Ober' oder 'Frollein' anreden sollte. Das Problem erledigte sich allerdings von selbst, denn als Kuntze den Mund aufmachte, um zu bestellen, zischte ihm der Kellner irgendetwas in der Art von: »Kommt sofort« entgegen und war schon wieder weg. »Aha« sagte Kuntze leise und hoffte, der Kellner (oder die Kellnerin) hätte nicht gesagt: »Flasche Port«. Er hasste Portwein. Sein Drink kam; dem Aussehen nach zu urteilen war es kein Portwein; zumindest hatte Kuntze noch nie Portwein mit der Farbe und der Konsistenz von Schmieröl gesehen. Kuntze bezahlte dafür eine Summe, für die er sich tagsüber den Spirituosenladen an der Ecke gekauft hätte. Er nahm einen Schluck und sah sich um.

Er hoffte, dass es keiner dieser Abende sein würde, an denen man sich wie ein Würstchen vorkommt. Alle männlichen Gäste auf der Party waren grösser und schöner als er, und die meisten Gesichter kannte er von Titelseiten diverser Plattencover, Teeny-Magazine oder Heavy-Metal-Zeitschriften. Die weiblichen Gäste sahen aus wie Cindy Crawford oder Kim Basinger oder wie eine Mischung aus beiden mit einer Prise Sharon Stone, und er kannte neunzig Prozent ihrer Gesichter von Titelseiten diverser Herrenmagazine, der Vogue oder Heavy-Metal-Zeitschriften. Kuntze bedauerte nun, dass er den Sticker auf seiner Jacke -das Saxophon- nicht eine Nummer grösser genommen hatte. Überhaupt bedauerte er, das Saxophon genommen zu haben und nicht das Keyboard oder die Gitarre oder beides. Ausserdem bedauerte er, sein Auto soweit weg geparkt zu haben, denn niemand konnte den Wahnsinns-Aufkleber an seiner Heckscheibe sehen, der ihn als 'Super-Midi-Professional-2000-Customer' auswies. Dann fiel ihm ein, warum er sein Auto soweit weg geparkt hatte. Zwischen all' den Pullmans, Porsche 959 und Jaguar E's hätte sein alter Er Fünf sicher keinen leichten Stand gehabt.

Er fing an, sich wie ein Würstchen vorzukommen.

In diesem Augenblick kam ein Pulk von Leuten direkt auf ihn zu. Es war der Gastgeber, Crazy Steven Elefant, umringt von einer Schar Fotografen, die immerzu »Great!, Great!« kreischten, wenn er seine Lippen bewegte, und einem ganzen Haufen Blondinen, die alle begierig auf seine Ohren starrten. Kuntze sah sich nach einer Fluchtmöglichkeit um. Links von ihm war eine Wand, an der in ungeordneter Ordnung Hoch-, Mittel- und Tieftöner angebracht waren. Jeder Schritt in diese Richtung hätte Kuntzes Hausarzt ein schönes, neues Ledersofa beschert, denn die Phonzahl bewegte sich schon auf Kuntzes jetzige Entfernung in einem Bereich, der so ziemlich jeden Presslufthammer vor Neid erblassen lassen würde. An seiner rechten Seite stand plötzlich wieder Sheila, deren Busen ihm mittlerweile bedrohlich nahe war. Er sah ein, dass ihn beide Seiten in ernsthafte Schwierigkeiten bringen würden und entschied sich für die Flucht nach vorn. Er versuchte, ein gelangweiltes Gesicht zu machen, was ihm völlig, absolut und hundertprozentig misslang. Crazy Steven Elefant hatte ihn inzwischen erreicht und brüllte: »Hi, Kuntze, alter Roller, wie geht's denn immer?« Daraufhin wandte er sich seinen Begleitern zu und erklärte mit gönnerhafter Miene: »Das ist Kuntze. Wir sind zusammen zur Schule gegangen.«

Kuntze erstarrte. Gerade war ihm wieder eingefallen, woher er dieses Gesicht kannte. Crazy Steven Elefant war Stefan Maus, dessen wohl grösster Verdienst während ihrer Schulzeit seine über Jahre hinweg ungefährdete Meisterschaft im Popeln war.

»Hi, Crazy« krächzte Kuntze lässig, während er sich darüber ärgerte, dass Crazy Steven ihn nicht auf sein Studio ansprach. Dann ärgerte ihn, dass er sich darüber ärgerte, und er versuchte statt dessen, wieder gelangweilt auszusehen, diesmal mit noch grösserem Misserfolg.

Crazy Steven gab mittlerweile ein Exklusivinterview für alle Zeitschriften dieser Welt. Ein kleiner Mann, offenbar japanischen Ursprungs, sprang aufgeregt vor ihm herum, wobei er ihm ein grosses Mikrofon, offenbar auch japanischen Ursprungs, unter den Drei-Tage-Bart hielt.

»Mistel Clazy, Mistel Clazy« schrie der Japaner, »können Sie schon sagen, was Sie als nächstes ploduzielen welden?«

»Lern' erstmal Deutsch, du Pfeife« sagte Elefant und schnippte mit Daumen und Zeigefinger einen komplizierten fünf-achtel Shuffle, der genauso idiotisch klang wie der Türsteher aussah, der plötzlich aus dem Nichts auftauchte. Er und der Japaner musterten einander kritisch. Da der Türsteher annähernd doppelt so gross war wie der Japaner, hatte das einen beträchtlichen Heiterkeitsausbruch bei den anderen Fotografen und den Mäd- chen zur Folge, der aber abrupt dadurch beendet wurde, dass der kleine Japaner plötzlich mit einer schnellen, eleganten Drehung seinen Körper in die perfekte, absolut tödliche Ausgangsposition für etwas brachte, das nur die ältesten Mitglieder der alten, japanischen Kampfschulen mit konzentrierter Präzision und sehr viel Alkohol fertig bringen. Er stand nunmehr bereit für die ultimative Übung des Mi-Ka-Do: Hebe beide Beine in regelmässigen Abständen vom Boden und gib deinem Gegner Fer-Sen-Geld.

»Oh, oh« murmelte Sheila Schlüter, »jetzt gibt's Zoff.« Dieser Satz war wahr und umso schöner, da Sheila ihn mit ihrem perfekten Lispeln darbot. Der Heiterkeitsausbruch entschloss sich widerwillig, da weiterzumachen, wo er aufgehört hatte.

»Wisst Ihr«, sagte Crazy in die ihm entgegengehaltenen Mikrofone, »um auf die Frage von diesem Zwerg zurückzukommen..« - er schaute verächtlich auf den Japaner, der mit dem Türsteher inzwischen etwas gebildet hatte, was bei einem Wettbewerb für perfekt ausgeführte Seemannsknoten sämtliche Preise bekommen hätte. »Was wollt' ich sagen« sinnierte er, »ach ja, ich weiss wieder..«; listig blickte er seine Zuhörer an, »nach hundertacht produzierten Folgen von 'Hops-und Hüpflieder für's Vorschulalter', die sich ja mittlerweile alle in den Independent Charts plazieren konnten..« - er hielt inne, um lächelnd all' die 'Great!, Great!' Rufe und die Schnapper nach seinem Ohr abzuwehren - »..sind diese Releasing-Parties für mich das aufregendste. Ich gebe zu, ich bin etwas gelangweilt. Ich will..« - seine Stimme senkte sich verschwörerisch, was zur Folge hatte, dass niemand mehr ein Wort verstand. Das schien aber auch niemanden zu stören, denn in die 'Great!, Great!' Rufe hatte inzwischen die Hälfte aller geladenen Gäste eingestimmt, und - um nicht aufzufallen - nahezu alle Ungeladenen.

Während sich auf der Tanzfläche einige der weiblichen Gäste unter rhythmischen 'Great!, Great!'-Rufen ihrer ohnehin schon spärlichen Garderobe entledigten, liess Kuntze seine Blicke schweifen. Seine Augen waren immer ein paar Sekunden schneller als sein restlicher Kopf, weil der Drink, den er vor lauter Nervosität auf einmal heruntergekippt hatte, sein tiefschwarzes Aussehen wahrscheinlich nicht durch Orangensaft mit Lebensmittelfarbe bekommen hatte.

Der Alkohol begann, seine Wirkung zu tun.
Dann.....
.....sah er Joe Hagan das erste Mal.

Er lehnte im fahlen Licht einer Zwölf-Volt- Niederspannungsbirne an einer Spiegelsäule neben dem Eingang. Die offene Tür liess seine langen, blonden Locken im Takt der 'Great!, Great!'-Rufe wehen, und wenn David Hamilton zufällig dagewesen wäre, hätte man ihn wohl wieder nach Hause schicken müssen, weil er sonst mit seinen extatischen Jubelschreien der ganzen Party auf die Nerven gegangen wäre. Aber David Hamilton war nicht da, und so brauchte Kuntze diesen Anblick mit niemandem zu teilen. Der Mann an der Säule drehte sich um und sah ihn an. Einen Moment lang schien es Kuntze, als schössen Blitze aus seinen mitternachtsblauen Augen, aber es war nur die Kamera des Japaners, die in diesem Augenblick hinter der Säule hervorgeflogen kam. Es war kein besonders eleganter Flug, denn der Japaner hielt sie noch fest, und weil die Kamera genauso von der Schwerkraft abhängig war wie der Japaner, krachten beide ziemlich unsanft gegen das kalte Buffet. Unter permanentem Gebrüll folgte der blonde Hüne dicht auf dem Fuss, und aus einzelnen Wortfetzen, die zu ihm drangen, schloss Kuntze, dass er ganz und gar nicht wissen wollte, worum es bei dieser Auseinandersetzung ging. »Und tschüss« murmelte er den beiden hinterher und schwankte in Richtung Ausgang. Immer mehr Gäste empfanden offenbar Vergnügen an einer kleinen Prügelei, frei nach dem Motto: 'Wenn ich schon nicht so viele Platten verkaufe wie Du, dann kriegst Du jetzt wenigstens ordentlich eins auf die Fresse'.

Einen kleinen, panischen Moment lang sah sich Kuntze dem Türsteher gegenüber, aber der Disc-Jockey landete gekonnt und unabsichtlich mitten in seinem Gesicht; der Türsteher stürzte schwer auf das sich sowieso schon in desolatem Zustand befindliche kalte Buffet, und Kuntze war draussen.

PARADISE VALLEY

oder

DER HINTERHOF

Die Sonne schickte sich gerade missgelaunt an, auf einen matschigen Novemberhimmel zu klettern, als Kuntze schmerzlich den Verlust seines Saxophon-Stickers feststellte. Er bemerkte aber andererseits erfreut, dass er seine Rolex-Imitation noch immer am Handgelenk hatte. »Thailändische Wertarbeit« dachte er stolz, fummelte nach seinem Autoschlüssel und versuchte sich zu erinnern, wo er geparkt hatte. Als er schliesslich zu seinem Auto fand, sah er als erstes, dass irgendein witziger Frühaufsteher oder noch witzigerer Nachtschwärmer einen Knoten in seine Antenne gemacht hatte. Dann - einer dunklen Ahnung folgend -ging er um das Auto herum. Tatsächlich: sein 'Super-midi-professional-2000' war mit einem 'Ein Herz für Kinder' überklebt. Überzeugt davon, dass dies mal wieder ganz bestimmt nicht sein Tag werden würde, fuhr er ins Studio.

Unterwegs suchte Kunzte in seinem Autoradio nach irgendwas, was als 'Sonntagmorgen-und-wir-wollen-dass-sie-sich-wohlfühlen' Musik durchgegangen wäre, aber das Radio hatte einen ganz entschieden anderen Geschmack als Kuntze und er schaltete ab. Er erinnerte sich daran, dass er ja schliesslich Komponist war, und begann, eine höchst schwierige Phrase zu pfeifen, wobei er mit der linken Hand die achtel Hi-Hat, mit der Rechten die Viertel-Triolen-Toms und mit dem rechten Fuss die Bass-Drum mitspielte. Gerade noch rechtzeitig stieg sein linker Fuss mit einem fulminanten: 'Kuppeln' in die Session ein, und

Kuntze fuhr mit quietschenden Reifen auf den Hinterhof, wo sich zwischen vergessenen Matratzen, weggeworfenen Videorecorderwracks und undefinierbaren Gerüchen eine kleine Tür befand. An dieser Tür hätte man ein kleines Schild bemerken können, wenn man dicht genug davorgestanden hätte, aber da die wenigsten Menschen von der Existenz dieses Hinterhofs wussten (sie wären auch recht überrascht gewesen, dass es in dieser Gegend überhaupt einen Stadtteil gab), blieb - was in der Natur der Sache liegt - den meisten verborgen, dass sie sich nunmehr im 'Paradise-Valley- Studio' befanden.

Kuntze bestieg die wackelige Treppe, schloss die Tür auf und machte Licht. Er hatte natürlich vergessen, seinen Computer auszuschalten, woraufhin der ihm was gehustet hatte und mal eben abgestürzt war. »Halb so wild«, dachte Kuntze, »ich hab' ja alles gesafed. Oder etwa..«, er hechtete zu seiner Festplatte (Super-midi) und hackte mit einem nur ihm bekannten System auf den Tasten 'rum, bis er fand, wonach er suchte. Der SONG! Gottseidank, alles noch da. »Alles wird gut«, sagte Kuntze laut, nahm die Diskette 'raus, holte das Feldbett hinter einem Vorhang hervor, dachte kurz an den Mann an der Säule und legte sich schlafen.

Der nächste Morgen hatte schon zweimal erfolglos versucht, Kuntze zu wecken, und jetzt griff er zu der härtesten Methode, die ihm zur Verfügung stand: Er liess das Telefon klingeln.

»Hollywood«, dachte Kuntze verschlafen. Es konnte nur das Gespräch aus Hollywood sein. Er suchte fieberhaft nach dem Telefon und fand es schliesslich in einem Gitarrenkoffer.

»Hallo« sagte Kuntze und dann nochmal, zur Sicherheit, »Hallo?«

»Eine Pizza mit Schinken und Käse in die Fröbelstrasse sechzehn. Viel Käse, bitte.«

Kuntze schluckte.

»Falsch verbunden« knurrte er.

»Ach« sagte die Stimme, »schade. Na gut, dann nehm' ich Thunfisch.«

Kuntze legte auf.

»Arschloch« zischte er leise und frustriert und wünschte sich, er hätte erst 'Arschloch' gezischt und dann aufgelegt. Aber wenigstens war er jetzt wach. Er sah auf sein thailändisches Präzisionsinstrument. Der kleine Zeiger stand auf zehn und der Grosse war abgefallen und lag irgendwo bei der sechs. Kuntze beschloss, dass es Zeit sei, zu arbeiten. Er stand auf und stellte das Klappbett wieder hinter den Vorhang. »Jetzt«, dachte er, »brauch' ich sowas von 'nem Kaffee.« Er ging in die kleine, kalte Küche, wo er ausser einer elektrischen Kochplatte, die ihm seine Mutter zur Studioeröffnung geschenkt hatte (und wenn Du willst, komm' ich auch immer und mach' Dir Dein Lieblingsessen, Junge) auch die Kaffeemaschine vermutete. Grübelnd blieb er in der Tür stehen. Die Kaffeemaschine war irgendwie zwischen Bergen von grünlichem, eigentümlich riechenden Geschirr und halb aufgegessenen Pizzas abhanden gekommen. Kuntze hatte keine Lust, in diesem Idyll herumzusuchen; ausserdem hatte er deutlich gesehen, wie sich einige der Pizzateile bewegten.

»Einen Kaffee, der schmeckt« ergänzte er, zog seine Jacke an und ging frühstücken.

Zwei Stunden später kam er gestärkt und voller Zuversicht zurück. Er würde als erstes die Küche aufräumen, und sich danach seinen SONG nochmal anhören. Während er den zweiten Teil des Satzes dachte, überlegte er, wie er den ersten Teil umgehen könnte, und stellte sich selbst ein Ultimatum: Wenn bis zum Monatsende nicht irgendwelche Heinzelmännchen zufällig vorbeigeschaut hätten, würde er für einen Tag sämtliche Produktionen und Studioaktivitäten absagen und sich um die Küche kümmern. Nicht, dass er irgendwelche wirklich wichtigen Studioaktivitäten oder, noch abwegiger, auch nur die popeligste Produktion gehabt hätte, aber ein Tag ohne Computerspiele?

»Hart, aber gerecht« dachte Kuntze, schaltete die Bandmaschine ein (Super-midi), drehte den Lautstärkeknopf am Verstärker in eine Stellung, in der die Überlastungsdioden aufgrund der Tatsache, dass sie sich nicht entscheiden konnten, welche Farbe nach Rot kommt, kleinlaut gar nicht erst aufleuchteten, und lauschte seinem SONG.

DER SONG

oder

KUNTZE'S THEME

Ein Traum von einem Lied. Ein Meisterwerk. Ein Hit. Lange Zeit hatte Kuntze die Idee zu diesem Song mit sich herumgetragen. Er verbrachte wahnsinnig viel Zeit damit, sich immer neue, zusätzliche Kleinigkeiten auszudenken, die diese wunderbar einfache, ergreifende Melodie durch ihre Unauffälligkeit und gleichzeitig durch ihre logische Notwendigkeit abrunden und vervollkommnen sollten. Noch mehr Zeit verbrachte er damit, all' diese Einzelteile in seinem Kopf zu einem fertigen Lied zusammenzusetzen, und die allerlängste Zeit kostete es ihn, alles aufzunehmen. Wenn Kuntze irgendwann mal so berühmt sein sollte, dass man ihn in eine Talk-Show einladen würde, würde man ihn sicherlich nach diesem seinem Song fragen, und für diesen Fall hatte er sich schon jetzt vorbereitet. Man kann ja nie wissen:

Talkmaster: »So, Herr..äh, Kuntze, erzählen Sie unseren Zuschauern doch in diesem Zusammenhang etwas über Ihren wundervollen Song.«

Kuntze: »Ja, wissen Sie, es ist so: Ein SONG ist wie eine leere Wohnung. Ich meine, man muss ihn einrichten.«

Talkmaster: »Ja. Und?«

Kuntze: »Sehen Sie: Sie kommen in eine leere Wohnung und fühlen instinktiv, wo das Sofa hingehört. Sie denken sich doch schon vorher alles aus und dann fangen Sie erst an, die Möbel 'reinzustellen. Zumindest sollten Sie das tun.«

Publikum: LACHER

Kuntze: »Wenn Sie dann die ganzen grossen Teile drin stehen haben, also Kleiderschrank, Bett, Sofa, von mir aus auch die Sessel, können Sie mit dem Kleinkram anfangen. Und ganz zum Schluss hängen Sie die Bilder auf und stellen die Blumen hin. Wenn Sie Glück haben, kriegt das Ganze 'n Preis in 'Schöner Wohnen' und wenn Sie Pech haben, fühlen Sie sich einfach nur wohl.«

Talkmaster: »Sehr hübscher Vergleich, Herr.. äh, Kuntze.

Kuntze: »Find' ich nämlich auch.«

Publikum: TOSENDER BEIFALL

Selbstverständlich hätte Kuntze auch zu diesem oder jenem anderen Thema etwas zu sagen gehabt, und überhaupt konnte er ein ziemlich charmanter Plauderer sein, aber dummerweise war das bisher an den Talk-Shows vorübergegangen, und sie luden statt dessen ein ums andere Mal dieselben Gäste ein. War sie wirklich lesbisch? Oder wollte sie nur keine Strapse tragen? Sind Sie Intendantin geworden, weil Sie nicht mehr so häufig vor der Kamera erscheinen wollten? Oder wollten Sie den Zuschauern nur Ihr blödes Geschwafel ersparen? Es gibt wichtigeres als Talkshows, werden sie jetzt denken, und genau das dachte Kuntze eben auch. Zum Beispiel seinen SONG. Er wollte sich bei der Verwirklichung seiner Ideen ganz bewusst von niemandem helfen lassen, und so sass er Nacht für Nacht, Woche für Woche und Pizza für Pizza in seinem Studio und mühte sich nacheinander mit allen Instrumenten ab. Das heisst, er mühte sich eigentlich nur mit seinem Keyboard und mit seinem Computer ab und überliess es diesen beiden Jungs, sich mit dem Rest herumzuschlagen. Das fertige Ergebnis auf seinem Tonband war in der Tat erstaunlich:

Ein Lied, so klar wie der Tau auf morgendlichem Gras, so rein wie eine Jungfrau beim Kirchgang, so wohlschmeckend wie Parmaschinken und mindestens doppelt so scharf wie Sheila Schlüter. Es war eins von diesen Liedern, wegen denen sich wildfremde Menschen in die Arme fallen und haufenweise Leute von Hausdächern springen. Kuntze war mehr als zufrieden. Sein Song, dessen war er sicher, würde eine ganze Generation zu besseren Menschen machen. Eine Kleinigkeit allerdings trübte ab und zu seine Euphorie: Er hatte noch keinen Sänger.

DER SÄNGER

oder

DASS ICH DAS NOCH ERLEBEN DARF

Kuntze lehnte sich zurück und hörte andächtig zu. Wie immer erstaunte ihn dieses gewaltige, eruptive Erlebnis, das ihm aus seinen Boxen (S.M.P. 2000) entgegendröhnte.

»Das ist alles von mir« dachte er befriedigt, als er zurückspulte, um den SONG nochmal zu hören.

Kuntze hatte die Nummer wahrscheinlich schon hunderte von Malen gehört, und das Lied wurde tatsächlich immer besser. Er kannte jeden Ton auswendig, wusste jeden Einsatz, jeden Break und wurde trotzdem nicht müde, immer wieder atemlos zuzuhören. Wenn es nach ihm gegangen wäre, hätten seine Tage aus aufstehen, Song hören, essen, Song hören, rauchen, Song hören und kurz vor dem Schlafengehen noch mal schnell den Song hören bestanden.

Gerade, als er zum zweiten Mal das grandiose Intro erklingen lassen wollte, hüstelte jemand an der Tür.

Kuntze fuhr herum. Vor ihm stand Joe Hagan.

»Hi« sagte Hagan, »ich bin Joe Hagan. Wir haben uns gestern abend auf der Party gesehen, und Du hast Dein Dings verloren.« - er warf den Saxophon-Sticker achtlos auf den Tisch - »..Crazy Steven hat mir Deine Adresse gegeben und ich war sowieso gerade in der Gegend. Schönen Tag noch«; er war im Begriff zu gehen.

»Halt« keuchte Kuntze, »warte mal. Äh, ich meine, Danke und so. Willst du 'n Kaffee?«

»Okay« sagte Hagan, »fünf Minuten. Muss noch wohin. Hab' 'n Job.« Er betrachtete die Gerätschaften, die überall herumstanden.

»Soll 'n das hier sein, Mann?« fragte er und deutete auf den Tisch, wo ein Gegenstand lag, der aussah wie eine Keksdose, an der jemand ein paar Kabel festgelötet hatte, und an der man unten mehrere Schalter angebracht hatte. Kuntze grinste.

»Das sollte mal 'n Flugs-Compensator werden« sagte er in der Hoffnung, dass Hagan seinen Lieblingsfilm 'Zurück in die Zukunft' sowieso nicht gesehen hatte, und weil es ihm peinlich war, dass niemand sein Hallgerät auf den ersten Blick als solches erkannte.

»Sieht aber mehr aus wie der Fressnapf von Einstein« erwiderte Hagan, und Kuntze rettete sich in einen mörderischen Hustenanfall.

»Is' wohl Dein Studio hier« fragte Hagan und schlenderte herum.

»Äh, ja, äh« grunzte Kuntze und sah sich um, »hab' leider keinen Stuhl mehr, aber wenn Du vielleicht..«

»Egal« lächelte Hagan und setzte sich auf's Fensterbrett, »schwarz mit viel Zucker.«

Kuntze rannte in die Küche. Während er die Kaffeemaschine saubermachte und ein paar Tassen von ihrem widerwärtigen Inhalt befreite, hätte er am liebsten in die Hände gepatscht, wie kleine Kinder, wenn sie überrascht sind, wenn sie etwas bekommen, womit sie niemals gerechnet hätten. Hagan war hier bei ihm im Studio, der schönste Mensch, den er je gesehen hatte, und wenn man Kuntze irgendwelcher homosexueller Gedanken bezichtigt hätte, wäre er fuchsteufelswild geworden. Er war einfach ausserstande zu glauben, dass jemand so perfekt aussehen könne. Er selbst, eher zu schmächtig und zu blass, hatte sich längst daran gewöhnt, nicht gerade zu den begehrtesten Junggesellen zu gehören, und über so wundervoll anzusehende Geschöpfe wie Hagan hatte er bisher nur Berichte gelesen. Auch die waren in den seltensten Fällen Augenzeugenberichte, und daher war Kuntze davon überzeugt, dass solche Wesen in Westeuropa wahrscheinlich ebenso häufig anzutreffen sind wie der Yeti.

Der Kaffee war fertig. Kuntze nahm die beiden ihm am saubersten erscheinenden Tassen und ging zurück in den Aufnahmeraum. Hagan blätterte in einer der überall herumliegenden Fachzeitschriften. Hingegossen über das Fensterbrett sah er ganz so aus, als wäre er von Raffael dorthin drapiert worden, während da Vinci aus dem Hintergrund diese oder jene Regieanweisung gegeben hätte. »Haar weiter zurück, Kragen weiter auf, mehr Schatten auf die linke Gesichtshälfte, nein, du Idiot, auf die andere linke Gesichtshälfte«, oder so ähnlich; bei Hagan stimmte alles.

Hagan nahm den Kaffee, schlürfte einmal vorsichtig und verzog angewidert das Gesicht.

»Schmeckt toll« sagte er, »spiel mir doch mal was vor.«

Kuntze hatte plötzlich blödsinnig gute Laune. Der SONG! Endlich würde jemand den Song hören. Er wollte eigentlich noch warten, bis der Gesang aufgenommen war, aber er wusste instinktiv, dass es gut und richtig wäre, wenn er jetzt und hier Hagan fragen könnte, wie er ihm gefällt.

»Tja, wenn Du meinst« entgegnete Kuntze liebenswürdig. Er tat so, als ob er in einem Tonbandstapel herumwühlte, murmelte etwas Zerstreutes und sagte beiläufig: »Ach ja, das hier könnt' ich Dir mal vorspielen. Ganz nettes

Backing.« Er schlenderte betont langsam zur Bandmaschine und drückte auf Start.

Drei Minuten und vierzig Sekunden dauerte der SONG. Drei Minuten und vierzig Sekunden tosten Gedanken und Gefühle wie mächtige Wirbelstürme durch Kuntzes Kopf, während er sich nach aussen hin bemühte, cool und entspannt auszusehen.

Drei Minuten und vierzig Sekunden sind eine verdammt lange Zeit, wenn man dabei nicht atmet, und Kuntze hielt die Luft an.

Nach drei Minuten und vierzig Sekunden lief das Tonband aus der linken Spule heraus und ging in ein gleichmässiges: Flat, flat, flat über, bis Kuntze sich erbarmte, es abzuschalten.

Hagan schlürfte geräuschvoll seinen Kaffee und starrte auf den Boden.

»Okay« sagte er nach ungefähr fünf Lichtjahren und stand auf, »ich muss los«.

Kuntze war erbärmlich zumute. Er sah Hagan an.

»Und wie fandst Du's?« stiess er hervor.

Hagan hob langsam den Kopf. Das war ein Anblick, den Kuntze aufgrund des perfekten Zusammenspiels von Hagans Wimpern, seinen mitternachtsblauen Augen und der anmutigen Schulterbewegungen normalerweise gern in Zeitlupe genossen hätte, aber im Moment hatte er wirklich andere Sorgen.

»Da hast Du 'n verdammten Hit aufgenommen, mein Lieber« sagte Hagan ernsthaft, »und wer soll's singen?«

»Hab' noch keinen Sänger« ächtzte Kuntze erschöpft.

»Okay«. Hagan stand schon in der Tür, aber er drehte sich

nochmal um.

»Dann ruf' mich an, wenn ich's Dir irgendwie draufsingen soll.«

Kuntze erstarrte.

»Bist Du..« fragte er leise, »etwa..«

»Genau« grinste Hagan und war weg.

DER HIT

oder

WO ZUM TEUFEL IST DAS MIDIKABEL

Zwei Stunden später hatte Kuntze sechzig Zigaretten geraucht, vier Liter Kaffee getrunken (der Einfachheit halber direkt aus der Kanne) und hundertzwanzig Leute angerufen, um nach der Telefonnummer von Hagan zu forschen. Dann, als ihm nichts mehr einfiel, keimte in ihm eine letzte, vage Hoffnung und er sah ins Telefonbuch.

Hagan, Joe, stand da klar und deutlich zu lesen, und ein, sagen wir, durchschnittlicher Weitspucker hätte keine Mühe gehabt, die Haustür von Joe Hagan von Kuntzes Studiofenster aus mit einem bizarren Muster zu verschönen.

Kuntze erfand innerhalb kürzester Zeit drei oder vier ganz passable Flüche und griff zum Hörer. Seine Hände waren feucht, und der Hörer glitschte aus seiner Hand direkt auf die Keksdose, wo er sich irgendwie sofort mit den Kabeln zu einem homogenen Ganzen verhedderte. Bei dem Versuch, die Sache zu entwirren, hätte sich Kuntze als erstes fast erwürgt, weil er den Hörer schräg nach rechts zog, das eine Kabel aber zu lang war und er deshalb eine Schleife um seinen Kopf beschrieb, was zur Folge hatte, dass durch sein Zappeln die Dose vom Tisch fiel, und zweitens wäre er fast in den Genuss einer kleinen Elektromassage gekommen, denn er hatte sein Hallgerät selbstverständlich mit seinem restlichen Equipment verkabelt. Da sich die Firma 'Super-Midi' hartnäckig weigerte, ihm zu seiner Bandmaschine auch noch Verlängerungskabel zu liefern, hatte Kuntze etwas improvisieren müssen, und wenn er irgendwas nicht konnte, war es löten. »Wer lötet, schummelt« sagte er immer allen Musikern, die sich weigerten, irgend ein Instrument an seine Anlage anzuschliessen, bevor er nicht eine Lebensversicherung auf den Namen ihrer Mutter abschlösse. Mutter, nicht Freundin. Wenn sie eine Freundin gehabt hätten, wären sie ja berühmt. Raten Sie mal, wo sie dann nicht wären. Kleiner Tip: Fängt mit K an und hört mit untze sein Studio auf.

Als er das Telefon und sich selbst in Sicherheit gebracht hatte, wählte er Hagans Nummer. Seine Hände zitterten, als er das Freizeichen hörte.

»Hallo, Hagan, ich bin's, Kuntze, äh, Du warst vorhin hier, weisst Du noch, tja, und da wollt' ich fragen, äh, passt es Dir jetzt gleich?«

»..eine Nachricht hinterlassen. Bitte sprechen Sie nach dem Pfeifton« erwiderte der Anrufbeantworter, und Kuntze sagte alles nochmal. Weitere sechzig Zigaretten, also fünfunddreissig Minuten später klingelte im Paradise-Valley das Telefon.

 »Hier ist Hagan« sagte Hagan, »stell schon mal das Mikrofon auf«.

»Mikrofon« sagte Kuntze zögernd, »tja, da hast Du wahrscheinlich recht. Mikrofon..« er überlegte.

Im Paradise Valley gab es lächerlich viele Instrumente, von denen zum Teil noch niemals jemand irgendetwas gehört hatte, und die zum anderen Teil diverser dringender Reparaturen bedurft hätten, um andere Töne aus ihnen zu locken, als das Geräusch von an die Wände fliegenden Instrumenten. Es gab Schellenringe in allen erdenklichen Variationen; irgendwer hatte nach einer alkoholunterstützten Studioproduktion seinen Flügel im Regieraum vergessen und es wimmelte nur so vor Effektgeräten. Es gab haufenweise Kopfhörer, Drumcomputer und Lautsprecherboxen. Was es nicht gab, waren Mikrofone.

»Brauchst Du unbedingt 'n Mikrofon?« fragte Kuntze, »ich meine, geht's nicht erstmal auch mit ohne..«

»Was, sagtest Du, machst Du beruflich?« fragte Hagan zurück.

»Ich bin Produzent« gab Kuntze stolz zu.

»Nein, ich meinte nicht Dein Hobby, Mann, ich meinte beruflich« kam es wie aus der Pistole geschossen durch die Leitung, und Hagan legte auf.

»Oh Scheisse« entfuhr es Kuntze und er nahm sein Adressbuch, um eine Telefonnummer von herauszusuchen. Es gabe nur einen Mann in der westlichen Hemisphäre, der die Sache retten konnte.

Maus, Stefan. Unter diesem Namen waren sechs Nummern eingetragen: Zwei Telefonnummern, eine E-mail-Adresse, eine Faxnummer, ein Autotelefon und eine Kontonummer der Deutschen Bank. Kuntze war selber bei der Deutschen Bank; zwar hatte er in den meisten Filialen Hausverbot, doch wusste er immerhin die Bankleitzahl auswendig; deshalb hatte er auch darauf verzichtet, die auch noch unter Maus, Stefan einzutragen, denn sonst wäre die Seite mit 'M' voll gewesen und er hätte auf dieser Seite nicht mehr die Zahlenkombinationen seiner Scheckkarte und seiner American Express eintragen können, genial unauffällig unter Madonna; Minds, Simple und Mann, Manfred.

Er wählte die erste der Nummern. Das erwies sich als schlaue und noch dazu richtige Entscheidung, denn es meldete sich sofort eine weibliche Stimme. »Büro Elefant.

Sie wünschen?«

»Kuntze mit Teezet« sagte Kuntze froh, »kann ich mit Herrn Elefant sprechen?«

»Wie war der Name?« fragte die Stimme.

»Einfach Kunze« sagte Kuntze, und die Stimme antwortete, was sie in ihrem Sekretärinnenkurs gelernt hatte:

»Moment, ich seh' mal nach, ob er da ist.«

Kuntzes Telefon war schwarz.

Damit ist in diesem Zusammenhang nicht die Farbe gemeint, sondern die Herkunft. Das heisst, dass Kuntze bei jedem Messwagen der Deutschen Bundespost, den er in einem Umkreis von zehn Kilometern von seinem Studio erblickte, in hektische Betriebsamkeit verfiel. Er rannte dann immer mit seinem Telefon in den kleinen Abstellraum, der nur von einer kleinen Tür hinter der Küche seines Studios aus erreichbar war. Kuntze bewahrte dort sämtliche unschätzbaren Wertgegenstände auf, die sich im Laufe der Jahre angesammelt hatten. Eine Locke von Sheila Schlüter, ein Autogramm von dem Doppelgänger von Michael Jackson, die Eintrittskarte zu einem Konzert einer längst vergessenen Hard-Rock-Band (die zu den unschätzbaren Wertgegenständen gehörte, weil sie seine einzige Erinnerung an das war, was man allgemein als 'Das erste Mal' bezeichnet und was Kuntze eine feuchte Jeans und Hausverbot in einem längst vergessenen Club einbrachte) und eben ab und zu ein Telefon unbekannter Herkunft. Wenn ihm die Luft wieder rein erschien, was in ungünstigen Fällen mehrere Tage ohne Telefon bedeutete, holte er es wieder aus dem Abstellraum hervor und klemmte es an die lose aus der Wand hängenden Kabel. Woraus der umsichtige Leser folgert, dass Kuntze nicht löten kann.

Abgesehen davon, dass dieses Telefon ihm irgendwie den Hauch von Abenteuer vermittelte, hatte es überhaupt keine Vorteile. Es hatte höchst unoriginell die Form eines Damenschuhs und nervte alle Anrufer durch eine Menge Nebengeräusche. Unter anderem hatte es die fatale Angewohnheit, nach einer Abrechnungseinheit der Telekom nervöse Piepstöne von sich zu geben.

Kuntze wartete einhundertvierundvierzig dieser Piepstöne, also vierundzwanzig Minuten (oder sechzig Zigaretten) am Telefon von Crazy Steven, bis sich die Stimme wieder meldete.

»Ja?«

»Äh...Kuntze.., ich warte eigentlich auf Herrn Elefant«.

»Haben Sie nicht vorhin schon mal angerufen, Sie Nervensäge? Und hatte ich Ihnen nicht gesagt, dass Herr Elefant für die nächsten zwei Jahre nicht gestört werden will? Sie Klops?«

»Das hab' ich wohl irgendwie falsch verstanden« sagte Kuntze, »ich hab' nämlich gedacht, Sie würden mal nachschauen, ob er..«

»Nachschauen«, giftete die Stimme, »das letzte Mal, als ich nachgeschaut habe, hätte er mich fast 'rausgeschmissen. Das heisst« fügte sie kichernd hinzu, »erst wollte er ja, dass ich bei 'nem Dreier mitmache, aber als ich nicht wollte, hätte er mich fast....Sagen Sie mal, wer sind Sie überhaupt?«

»Drogenfahndung« trompetete Kuntze, »kann ich jetzt bitte sofort mit Herrn Elefant sprechen oder wollen Sie auch in Untersuchungshaft?«

Es knackte in der Leitung. Ungefähr eine tausendstel Sekunde später meldete sich Crazy Steven.

»Hi, Kuntze. Alles klar?«

»Äh..sag mal, Steven, könntest Du, ich meine, würdest Du mir und ich verspreche, es kommt nicht wieder vor, also ich brauch 'n Mikrofon.«

»Für 'n alten Kumpel tu' ich alles, Mann« sagte Elefant. »Bring 'n Bier mit.«

HEIMLICHKEITEN

oder

HAUPTSACHE, DIE KOHLE STIMMT

Als Kuntze die imposante Eingangshalle des 'White-Elefant-P.-Productions' Studios betrat, schnauzte ihm eine resolut dreinblickende Endfünfzigerin entgegen: »Waddayawant?«

»I, äh..« sagte Kuntze, der ja nicht schwer von Begriff war, »am Kuntze with Tea Set and I äh..«

»Ach so«, die Dame lächelte ihn plötzlich an, »Drogenfahndung, ich weiss schon, ich weiss schon, aber glauben Sie mir, ich hab' damit nichts zu tun. Die Herren aus der Chefetage..«

»Hi, Kuntze« grölte Steven, der plötzlich hinter der Dame stand, »wo ist das Bier?«

»Sie kennen den Herrn, Boss« fragte die Dame.

»'Türlich, Renate, das ist 'n alter Kumpel von mir. Der will sich 'n Neumann ausleihen. Oder 'n Elektro-Voice. Irgendwas, was gerade da ist.«

Die Dame sah aus wie ein Fragezeichen in den Endfünfzigern.

»Neumann« sagte sie, »ich versteh' immer Neumann. Ist er denn nicht von der Drogenfahndung?«

»Quatsch« sagte Steven und klopfte Kuntze jovial auf die Schulter, »der weiss noch nicht mal, wie man Drogen schreibt. Komm mit« - er zerrte Kuntze zu einer gepolsterten Tür.

»Dee Er Oh Geh Ee En« sagte Kuntze, und kurz darauf fiel die Tür hinter ihnen ins Schloss.

Der vorherrschende Eindruck von dem Raum, in dem sie sich nunmehr befanden, war Dunkelheit. Kuntze war nachtblind und aus diesem Grunde irgendwie froh, die Hand von Crazy Steven in seiner zu spüren. Darüber hinaus hörte er aus einem der angrenzenden Räume mehrere Menschen gequält stöhnen, was ihm eine Gänsehaut der unangenehmen Sorte bereitete.

»Warte mal« murmelte Elefant, »muss hier irgendwo sein. Ach was, am besten, ich frag den Techniker.«

Er öffnete die Tür zu einem der Nebenräume.

»Horsti« rief er, »weisst Du, wo das alte Neumann-Mikrofon hingekommen ist? Hier ist 'n Kumpel von mir, der braucht das mal. Kurz«, setzte er hinzu und zog die Augenbrauen hoch.

Kuntze beeilte sich, 'Ja, klar, natürlich, morgen hast Du's wieder' zu sagen und blinzelte wegen der plötzlichen Helligkeit, die aus dem Nebenraum zu ihnen drang. Auf einem riesenhaften Bett lagen drei Frauen in Unterwäsche. Die linke bohrte in der Nase, die rechte kaute mit hamsterhaften Bewegungen an ihren Fingernägeln, und die mittlere wickelte sich gerade einen ihrer Strumpfhalter um den Hals.

»Weiss ich auch nich'«, trompetete Horsti, »frag mal den Matthias in der Bildregie.«

Elefant setzte sich einen Kopfhörer auf.

»Matthias«, flüsterte er, »wo ist unser altes Neumann?«

»Liegt in dem Schrank unter der U-Matic« grölte Matthias durch den Kopfhörer, so laut, dass es selbst Kuntze verstand und Elefant sich den Kopfhörer mit einer ungestümen Bewegung vom Kopf riss.

»Alles klar« erwiderte Elefant, »dann mal frohes Schaffen«. Er steckte sich den kleinen Finger ins Ohr und fuhrwerkte mit ungläubigem Gesichtsausdruck darin herum.

»Wo sind denn die Höhen hin«, murmelte er, schüttelte den Kopf und kramte in dem Schrank unter der U-Matic.

Kuntze linste ungläubig durch die offene Tür ins Nebenzimmer.

»Also Matz, Maz ab«, rief Horsti gutgelaunt, »Mädels..Äktschen«!

Die drei Damen auf dem Bett erwachten zum Leben.

»Is' recht« sagte die Dame mit den abgekauten Fingernägeln, holte tief Luft und säuselte: »Oh, Baby, Deine Titten machen mich so geil«.

Die Linke wischte ihre Hand am Laken ab und erwiderte gelangweilt: »Mach mich fertig, Schatz.«

Die dritte Dame hatte inzwischen begriffen, dass man sich mit Strapsen nicht selbst erwürgen kann. Sie startete einen halbherzigen Versuch, die Dinger wieder da zu befestigen, wo sie sie abgemacht hatte. Kuntze beobachtete sie und konnte sich des Eindrucks nicht erwehren, dass die linke Hand der Dame nicht so recht wusste, was die Rechte tat. Die Rechte selbst hatte offenbar auch nur recht vage Vorstellungen davon.

Nach ungefähr achthundert Metern (aus Sicht des Magnetaufzeichnungsbandes) gab sie es schliesslich auf, liess einfach alles hängen, wo es hing und fummelte lustlos an ihren beiden Kolleginnen herum.

Kuntze wagte sich noch ein kleines Stück weiter durch den Türspalt. Im Nebenraum befanden sich erstaunlich viele, sachlich aussehende Menschen. Zwei Kameraleute waren damit beschäftigt, den jeweils unter ihnen knieenden latzbehosten Assistenten zu erklären, welche Lampen sie auf welche Körperteile zu richten hatten, ein muskulöser Neger schwankte leicht hin und her, vom Gewicht des Mikrophons, das auf einer riesigen Angel befestigt war, immer wieder an Newton erinnert. ein Mann sass auf einem Regiestuhl, auf dem zu allem Überfluss 'Regie' stand, und hatte diesen speziellen Gesichtsausdruck, der einen immer wieder an Darwin erinnert, und zwei weitere badeummantelte Damen waren damit beschäftigt, einen gewissen Körperteil eines gequält aussehenden, pickligen Jünglings zu bearbeiten.

»Da ist es ja«, sagte Elefant fröhlich und schloss die Schranktür. Danach schloss er die Tür zum Nebenzimmer, wobei er um ein Haar einen gewissen Körperteil von Kuntze eingeklemmt hätte. (Den linken Fuss. Dieses Buch ist jugendfrei).

Er nahm wieder Kuntzes Hand und zog ihn zurück in die Eingangshalle. Er drehte sich um und blickte Kuntze in die Augen.

»Jetzt erzähl' mir bloss nicht, das hast Du nicht gewusst, Mann« sagte Elefant.

»Ich, äh..« sagte Kuntze.

»Du kannst doch nicht im Ernst glauben, dass ich mit dieser Hops und Hüpf-Scheisse Geld verdiene, Mann, Kuntze, alter Roller« sagte Elefant, »Du weisst doch mittlerweile auch, wie's läuft«.

»Ich, äh..« sagte Kuntze.

»Also alles klar, Alter, Du kannst es erstmal haben und wenn Du fertig bist, bringst Du's mir wieder, ok? Übrigens, wenn Du mal Bock hast, 'ne Film-Musik zu machen..He, Kuntze« schrie Elefant hinter Kuntze her, »mach's nicht kaputt, ok?«

Kuntze hatte sein Auto schon fast erreicht, aber er drehte sich noch mal um.

»Morgen« schrie er zurück, »hast Du's in der Post«, und zum ersten Mal in seinem Leben war er froh, sein Auto zu sehen.

Als er mit quietschenden Reifen aus der Einfahrt vom 'White-Elefant-P.-Productions' Studio schoss, streifte er mit dem rechten Kotflügel einen Fahnenmast. Der setzte sich knirschend in Bewegung, um Newton wieder mal zu bestätigen, und auf seinem Weg zum Erdboden blieb er seinerseits an dem grossen Neonschild hängen, das über der Einfahrt zum Studio angebracht war. Das 'P' aus der Neonschrift fiel herunter und zerbarst klirrend auf der Kühlerhaube seines Er Fünf.

Kuntze hielt sofort an. Nicht, um den Schaden zu begutachten, sondern um in brüllendes Gelächter auszubrechen.

»Hops und Hüpflieder« keuchte er, als er wieder etwas zu Atem gekommen war, »hätt' ich mir allerdings anders vorgestellt«.

HARTE ARBEIT

oder

ALLES WIRD GUT, MANN

Kuntze fuhr mit quietschenden Reifen auf den Hof des 'Paradise-Valley'. Seine Reifen, stellte er fest, quietschten in letzter Zeit beunruhigend oft, und er dachte an seine Autowerkstatt, wo er bei seinem letzten Besuch beträchtliche Schwierigkeiten hatte, sein Auto wieder von dem grossen, orangefarbenen Abschleppwagen herunter zu bekommen, auf dem 'Schrott' stand.

Irgendwann mal, dessen war er sich bewusst, war ein neues Auto fällig. »Aber nicht auf Kosten von Hops und Hüpfliedern« murmelte er sich selbst zu, stieg auf die Bremse und aus.

»Hier ist der automatische Joe Hagan. Ich bin im Moment nicht erreichbar. Wahrscheinlich liege ich gerade in der Badewanne. Moment, ich seh' mal nach. Nein, da bin ich nicht. Keine Ahnung, wo ich bin. Aber Sie können eine Nachricht hinterlassen. Bitte, sprechen Sie nach dem Pfeifton«.

»Hi« sagte Kuntze. »In zwanzig Minuten hab' ich alles aufgebaut.«

Er brauchte natürlich keine zwanzig Minuten, um ein schnödes Mikrofon an seine 'S.M.P. 2000' anzuschliessen, aber er wollte sich genügend Zeit nehmen, um im Spirituosenladen an der Ecke (den er ja sozusagen sowieso schon besass) schnell noch zwei Flaschen Whisky und zwei Gläser zu kaufen. Er war der festen Überzeugung, dass der Sänger seines SONGS so klingen müsse, als hielte er schon, seit man ihm die Nabelschnur durchschnitten hatte, ein Whiskyglas in der Hand. Weiterhin vermutete er, dass diesem seinem Sänger ein sauberes Glas zweifellos lieber wäre als eins aus der Paradise-Valley Küche.

Kuntze stellte die beiden Gläser auf den Tisch, fegte die Keksdose beiseite und holte das Klappbett hervor, klappte es auf, schaufelte alles, was im Weg lag (also alles) hinein, klappte es wieder zu und wuchtete das plötzlich entstandene Gewicht ächzend zurück hinter den Vorhang. Dann setzte er sich in seinen Chefsessel und wartete auf Hagan. Nur sechzig Zigaretten später hörte er Schritte auf der wackeligen Treppe zum 'Valley'. Er schnappte sich eine Fachzeitschrift und tat so, als lese er interessiert einen Fachartikel.

»Oh, du liest gerade«, sagte Hagan, »na, dann will ich nicht weiter stören«.

»Quatsch«, Kuntze schmiss die Fachzeitschrift dahin, wo sie hingehört, nämlich ins Fach, »komm 'rein, setz dich, trink 'n Whisky und fühl Dich wohl.«

»Was denn nun« fragte Hagan verwirrt und setzte sich, trank 'n Whisky und fühlte sich wohl.

»Also« sagte Kuntze hustend (Jim Beam), »dann sing Dich schon mal warm.«

»Hey, Mann« erwiderte Hagan hustend (Camel ohne), »ich bin warm.«

»Und worauf warten wir eigentlich noch?« fragte Kuntze.

Unmöglich zu schildern, was in Kuntze vorging, als er Joe Hagan seinen SONG singen hörte. Hagan stand im Aufnahmeraum, eine Zigarette in der einen Hand, ein Glas, randvoll mit Whisky in der anderen und das Mikrofon in der Dritten.

Hagan sang. Er sang den SONG so, wie Kuntze ihn gesungen haben würde, wenn seine Stimme mehr als eine viertel Oktave Umfang gehabt hätte. Hagan sang, und Kuntze litt. Es war einfach nicht fair. Kuntze litt Qualen der Leidenschaft. Hagan sang von wahrer Liebe, von Treue und von Mädchen in Kabrioletts. Er sang von Schmerz in der Seele und in den Zähnen. Er sang, wie noch nie jemand zuvor ein Lied gesungen hatte und nie mehr singen würde. Plötzlich klangen auch die Gitarren ganz anders, etwa so, als ob Steve Lukather auf dem Rücksitz eines einundfünfziger Buick den Highway 61 'runterdonnert und sein ganzes Equipment im Kofferraum stehen hat. Wenn Kuntze sich nicht ganz genau erinnert hätte, dass er den Klaviersound in gnadenloser Kleinarbeit selbst zusammengeschustert hatte, hätte er geschworen, dass Elton John mal eben in der Carnegie Hall den Flügel eingespielt hätte.

Hagan war fertig. Kuntze hatte während der Aufnahme gedankenverloren wahllos Regler aus seinem 'Super-Midi' Mischpult herausgebrochen, die er jetzt, da das Lied zuende war, nicht mehr für Bonbons hielt. Er nahm sie aus dem Mund und betrachtete sie ziemlich erstaunt.

»Scheisse« sagte er.

»Isses schon ganz gut?« lallte Hagan, trank den letzten Schluck direkt aus der Flasche und fiel um.

»Das« sagte Kuntze träumerisch »isses«.

Die beiden leeren Whiskyflaschen kollerten auf dem herum, was mal ein 'Super-Midi-Professional-2000' Mischpult war. Kuntze und Hagan sassen einträchtig auf dem einen Stuhl und glotzten.

»Sach was« brachte Hagan schliesslich heraus.

»Was'n?« konterte Kuntze.

Hagan überlegte. »Wies nun weidergehn soll und ob überhaupt..«

Er brach ab, liess seine Luftröhre einen langen Anlauf nehmen und rülpste.

Kuntze konzentrierte sich.

»Wir müssens wegbring« stöhnte er, »inne Kommpenie. Die brings dann 'raus und wir wern reich. Unn braun« setzte er hinzu.

»Erst braun« sagte Hagan.

»Und reich« gab Kuntze zu bedenken.

»Aber braun« quiekte Hagan.

»Und wie« seufzte Kuntze und fiel vom Stuhl.

Kuntze sank in den tiefen, traumreichen Schlaf der Erschöpfung. Er träumte von Gold-, Platin- und Titanplatten, die in einer Art Zeitraffer an seinen Studiowänden erschienen. Er träumte von Kontoauszügen mit irrsinnig vielen Nullen hinter einer eins und von Autogrammkarten. In einer kurzen, effektvollen Traumsequenz sah er Crazy Steven Elefant, der, perfekt ausgeleuchtet, die Treppe zu seinem Studio hochgekrochen kam, eine Autogrammkarte bittend in der Hand haltend. Er träumte von seiner Mutter, die ihm früher gesagt hatte, Junge, lern bloss was anständiges, und die jetzt allen erzählte, sie hätte es ja immer gewusst. Er träumte von Sheila, die sich mit ihrer ausgestreckten Zungenspitze seinem Ohr näherte...

Der Schmerz in seinem Ohr liess ihn kreischend aufwachen. Hagan stand vor ihm und hielt sein Ohr zwischen Daumen und Zeigefinger.

»Kuntze« flüsterte er, »sag' mir, wann.«

»Morgen« sagte Kuntze fröhlich, »morgen geht's los.«

DER STAR

oder

DU KANNST LEUTE KENNEN

»There's no more tears inside my head

'though you're gone, 'though I die..

there's no more whistling in the streets

'cause you're gone, and I just cry..«

Kuntze schaltete das Tapedeck aus. Er fürchtete, vor Glück verrückt zu werden, wenn er das Lied zu oft hörte. Er konnte es immer noch nicht glauben. Sein Lied. Der SONG. Fertig. Einfach so. Bereit, die Welt zu erobern, unternahm Kuntze die nötigen Schritte: Er überspielte den Song zehnmal auf Cassette (er persönlich war ja felsenfest davon überzeugt, dass ihnen der Plattenfirmenboss schon beim ersten Mal zwei Ferraris vors Studio stellen würde, aber Hagan fand, man solle zur Sicherheit in jeder Tasche jedes Kleidungsstücks eine Cassette haben, damit man im Moment der Wahrheit nicht lange suchen müsse), er suchte aus seinem 'Super-Midi-Professional-2000-Connection-Diary' die Telefonnummern der zehn grössten Plattenfirmen heraus, vereinbarte mit den zehn A&R Managern Termine für die nächsten drei Tage und fuhr mit seinem Auto zur Tankstelle, um zu tanken und um Chips zu kaufen.

»Ein Mann braucht Chips, wenn es losgeht« sagte er sich, »und Zigaretten und Kaugummi und Sekt und Kekse.

Und« fügte er hinzu, »bisschen Benzin«.

Als er alles in den Kofferraum geworfen hatte (das Reserverad passte leider nicht mehr, aber wer braucht schon ein Reserverad?) ging er noch ein letztes Mal durch's Studio. Es sah aus, als hätte ein Stierkampf im Regieraum stattgefunden. Wozu aufräumen, dachte Kuntze, die Fans werden begeistert sein. Das sieht wenigstens nach Arbeit aus. Um sicherzugehen, verstreute er noch ein paar Notenblätter auf dem Teppich. Das schadete dem Gesamteindruck keineswegs, und daraufhin schüttete er auch noch den Inhalt des Klappbettes auf seinem Mischpult aus. Bevor er in Versuchung kam, nachzusehen, was an interessanten Dingen dabei war, machte er das Licht aus und dass er wegkam. Er wollte, bevor es losging, zur Abwechslung mal wieder eine Nacht schlafen. Und zwar zuhause. In seinem Bett. Und sich vorher von seiner Mutter sein Lieblingsessen kochen lassen.

Seine Mutter wohnte in einem kleinen Vorort, ungefähr sechs Kilometer von Kuntzes Studio entfernt in einem Häuschen, das vollgestopft war mit Kram jeglicher Art. Irgendwie war Kuntzes Mutter ausserstande, sich im Laufe ihres Lebens von Dingen zu trennen, zu denen sie einen gewissen Bezug hatte. Postkarten zum Beispiel. Kuntzes Mutter konnte sie nicht nur nicht wegschmeissen, sondern hing sie auch noch überall hin. Abgesehen davon war sie auch noch eine begeisterte Photosammlerin; sie konnte sie allerdings nicht in Kästen aufbewahren, sondern jeder, der zufällig zu Besuch kam, sollte alle Photos sofort sehen. Was hätte sich da besser angeboten, als sie alle aufzuhängen? Kuntzes Mutter hatte in ihrer Jugend freie Malerei studiert. Während ihrer schubweisen kreativen Phasen hatten sich so allerlei grosse und kleine Öl-, Aquarell-, Tusche- und sonstige Bilder angesammelt. Selbstverständlich hingen..

Jedenfalls herrschte in dem Haus von Kuntzes Eltern ein heilloses Chaos. (Sie können froh sein, dass ich nur die Wände erwähnt habe. Wenn ich, um Seiten zu schinden, mit den Regalen angefangen hätte, hätten Sie statt 'Kuntze oder der Deal' lieber 'Vom Winde verweht' lesen sollen. Damit wären Sie schneller fertig gewesen). Übrigens fühlte sich Frau Kuntze in ihrem Häuschen sauwohl, was nicht zuletzt auf die Tatsache zurückzuführen war, dass ihr Sohn sie ab und zu besuchen kam und sie ihm sein Lieblingsessen kochen konnte. Herr Kuntze war Zeit seines Lebens ein stiller Mann, der eigentlich nur Pfeife rauchend im Vorgarten sitzen und zu bestimmten Gelegenheiten seinen selbstgebrannten Apfelschnaps testen wollte. Das tat er auch, bis er eines Tages in seiner kleinen Scheune die Flaschen mit dem destillierten Wasser und dem Methylalkohol verwechselte. Danach sass er noch ein einziges Mal in seinem Vorgarten, zündete sich eine Pfeife an, murmelte »Ja, ja« und nahm einen Schluck seines Lieblingsgetränks. Durch eine Verkettung unglücklicher Umstände geriet ihm ein Tabakfunke in das Glas mit dem zugegebenerweise grossartig schmeckenden Schnaps. Die Explosion, pflegte Kuntzes Mutter zu erzählen, wäre bis in den nächsten Ort zu hören gewesen. Still gelebt, furios gestorben, das war genau das, was Kuntze auch wollte, später mal, irgendwann, und andersrum.

Kuntze fuhr also die lange, schnurgerade Landstrasse entlang, um dafür zu sorgen, dass seine Mutter sich sauwohl fühlen konnte und um mal wieder tonnenweise panierte Schnitzel in sich hinein zu schlingen. Nach dem Schild, das ihm seine Mutter nach zwei Kilometern ankündigte, sah er in der Ferne eine rote Kelle winken. Kuntze als ordnungsliebender Bürger nahm sofort den Fuss von seinem Gaspedal, fummelte in seinem Handschuhfach nach seinen Papieren und war sich keiner Schuld bewusst. Kurz bevor er die Polizeikontrolle erreicht hatte, sah er auf der dunklen Strasse etwas funkeln. Bevor er reagieren konnte, sagte sein rechter Vorderreifen Wuuutsch und Kuntze hatte grosse Mühe, sein Auto schleudernd zum Stehen zu bringen. Er stieg mit zitternden Knien aus und sah direkt in die Mündung von sechs Maschinengewehren.

»Das ist er ja gar nicht«, sagte einer der Polizisten enttäuscht.

»Kann ich nicht beurteilen« sagte ein zweiter, »der wackelt zu sehr«.

Kuntzes Knie hatten mittlerweile seine Schultern, seinen Kopf und seine Zähne angesteckt. Es wird einem gegen Ende des zwanzigsten Jahrhunderts nicht allzu oft auf so drastische Weise verwehrt, sein Lieblingsessen zu essen, und Kuntze hatte Schiss.

Ein dritter Polizeibeamter bahnte sich seinen Weg durch die Waffen, sah auf ein Photo in seiner Hand und knurrte Kuntze an:

»Reissen Sie sich zusammen, Mann, das war 'ne Verwechslung. Drogenfahndung« - er zückte einen Ausweis und hielt ihn Kuntze vor die Nase. Kuntze hoffte, dass er den feuchten Fleck, der zwischen seinen Füssen in den Boden sickerte, nicht bemerken würde.

»Tut mir leid wegen der Nägel« schnauzte der Polizist, »aber wir helfen Ihnen mit dem Reserverad«.

»W-welches Reserverad?« fragte Kuntze.

Zwei Stunden später gab Kuntze dem Mann vom Abschleppdienst einen Scheck für das Reserverad und den Polizisten für das Nicht-Mitführen eines Reserverads. Er stellte nach einem Blick auf sein Handgelenk fest, dass der kleine Zeiger seiner Rolex-Imitation inzwischen auch abgefallen war und beschloss, dass es nach groben Schätzungen zu spät für panierte Schnitzel und Postkarten sei. Er fuhr nach Hause und legte sich in sein Bett. Erstaunlicherweise war er innerhalb von Sekunden eingeschlafen. (Schade, werden Sie jetzt sagen, ich hätte gern mal einen Blick auf Kuntzes Mutter geworfen. Nun, ich will Ihnen nichts vormachen, verehrter Leser, ich bin gewissermassen in eine dramaturgische Sackgasse geraten. Wenn unserem Helden das kleine Intermezzo mit der Polizeikontrolle nicht passiert wäre, hätte er ja irgendwann: 'Hallo, Mama' sagen müssen. Was, glauben Sie wohl, hätte Frau Kuntze darauf geantwortet? Sicher nicht: 'Hallo, Kuntze, komm 'rein, mein Sohn'. Nein, selbstverständlich hätte sie ihren Jungen beim Vornamen anreden müssen. Kleiner Vorschlag zur Güte: Suchen Sie sich einen aus. Es gibt viele Vornamen. Thomas, Bodo, Oliver..für mich bleibt er Kuntze. Thomas Kuntze..finden Sie das vielleicht witzig?).

Der Wecker klingelte. Kuntze machte verschlafen einige Augen auf und war sofort hellwach. Heute war der grosse Tag. Heute würde sich alles entscheiden. Heute..

Er sprang in seine Hose, schnappte sich den Autoschlüssel und fuhr Joe Hagan abholen.

Hagan machte die Tür auf.

»Bin unter der Dusche« nuschelte er verschlafen und tropfte zurück ins Bad.

Kuntze sah auf seine Ersatzuhr. Eine Swatch in Form einer E-Gitarre. Es war sechs Uhr morgens.

»Es ist sechs« schrie er Hagan hinterher, »um zehn müssen wir da sein«.

Er hatte um zehn einen Termin mit Eddy van Hirsch, einem der grössten Entdecker aller Zeiten. Seine Schützlinge machten innerhalb kürzester Zeit Milliardenumsätze. Eddy van Hirsch arbeitete momentan für den riesigen Plattenmulti **Western Coventry Records & Tapes Ltd.**, kurz WC. WC war eine Tochter von CPU (**Certain Products Unreleased**), deren Anteile vor nicht allzulanger Zeit von RCA (**Records Cancelling Artists**) übernommen wurden, die wiederum - trotz ernsthafter Einwände des Kartellamtes - Eigner von einundfünfzig Prozent von McDonalds waren.

Hagan kam aus dem Bad, berückend schön und nach etwas duftend, von dem die Werbung behauptete, es mache Männer hart und erfolgreich.

»Wie seh' ich aus?« fragte er Kuntze.

»Gar nicht so schlecht« log Kuntze. Er hätte genauso gut sagen können, das Empire State Building sei mehrere Stockwerke hoch; die Untertreibung wäre nicht schamloser gewesen. Kuntze wünschte nun, er hätte auch noch geduscht oder sich zumindest rasiert, aber plötzlich fand er Gefallen an dem Bild des abgerissenen Produzenten, der seinen strahlenden Star präsentiert.

»Lass uns gehen« sagte er leichthin und ein überschäumendes Glücksgefühl durchströmte seine Adern.

DIE FAHRT

oder

IS THIS THE WAY TO AMARETTO

Autofahren war die zweite Sache, die Kuntze wirklich liebte. Wenn seine Bekannten sich über ihre neuesten Autos unterhielten, die allesamt sechsstellige Summen kosteten, sass Kuntze immer nur still daneben, ein unergründliches Lächeln um seine Lippen.

Er hatte noch nie ein Auto besessen, das teurer war als eine Tankfüllung ihrer Autos, und allein aus diesem Grunde wartete er in einer Art ohnmächtigen Bewusstseins seiner Fähigkeiten seit Jahren auf den Moment, in dem er durch seiner eigenen Ohren Arbeit mit einem Fahrzeug an seinen Bekannten vorbeifahren könnte, das ihre Limousinen und Sportwagen wie lächerliche Spielzeugautos erscheinen liesse. Er wusste selbst, dass es in dieser Galaxis wohl kaum einen Wagen gäbe, der sein Prestige derartig steigen lassen könnte, aber ein Mann wird doch wohl noch träumen dürfen, oder?

Kuntze empfand eine männliche Freude am Schalten. Er liebte es, zu wissen, wann sein Getriebe den nächsten Gang eingelegt zu haben wünschte. Er liebte die Kraft und die Reserven seines dreizehn Jahre alten Vierzylinder-Reihenmotors und er kannte mindestens zehn verschiedene Zeichen, um anderen Verkehrsteilnehmern zu zeigen, was er von ihnen hielt. Kuntze und Hagan fuhren locker und beschwingt die vierhundert Kilometer zu ihrem ersten Termin. Sie fuhren direkt in die aufgehende Sonne hinein, und als es anfing zu regnen, holte Kuntze sein Spezial-Tape aus dem Handschuhfach, auf das er nur Lieder aufgenommen hatte, die im selben Takt wie seine Scheibenwischer liefen. Sie assen Chips, kreischten vor Freude 'Great!, Great!', wenn der Scheibenwischer nach dem Gitarrensolo wieder den richtigen Einsatz fand und sie waren in jeder Hinsicht ein unschlagbares Team. Kuntzes Auto dröhnte mit satten hundertzwanzig Stundenkilometern seinem Ziel entgegen, und mit etwas Brüllen und Gestikulieren konnten die Beiden sich problemlos verständigen.

Fünf Minuten vor zehn standen sie vor dem höchst eindrucksvollen Hauptzentralverwaltungsgebäudekomplex der WC, und eine Minute vor zehn musterte sie die Vorzimmerdame von Eddy van Hirsch mit gelangweiltem Blick.

»Sie wünschen« fragte sie, ohne ihr Kreuzworträtsel aus der Hand zu legen.

»Kuntze mit Tee Zet« sagte Kuntze, »wir hatten einen Termin«.

»Soso« entgegnete die Vorzimmerdame frostig, »Herr van Hirsch ist in einer Besprechung«.

Schweigen.

»Das kann dauern« sagte die Vorzimmerdame. »Sie können da drüben warten«, sie wies auf drei Besucherstühle, »ich sag' Ihnen dann Bescheid.«

Hagan sass bereits und betrachtete neugierig die goldenen Schallplatten an der Wand. Auf dem zweiten Stuhl sass etwas, was Kuntze ganz und gar nicht zur Kenntnis nehmen wollte. Ein Skelett.

»Er hatte keinen Termin«, sagte die Vorzimmerdame und zuckte mit den Schultern.

Kuntze setzte sich auf den dritten Stuhl.

Neben Kuntze stand ein Getränkeautomat. Kuntze studierte die Gebrauchsanweisung und legte schliesslich einen Zehn-Mark- Schein in den Schlitz, über dem 'Money' stand. In seinem Eifer vergass er leider, einen Becher unter den Schlitz, über dem 'Coffee' stand, zu stellen, und eine dampfende, dunkelbraune Flüssigkeit ergoss sich über seine Hose.

»Scheisse« zischte Kuntze erbost vor sich hin; er wandte sich an Hagan, »hast Du mal zehn Mark?«

Die Vorzimmerdame telefonierte inzwischen mit einer Kollegin.

»Annette« flötete sie, »Du musst mir helfen. Altertümlich für Bauer, sieben waagerecht..«

Die Gegensprechanlage blinkte.

»Sie können jetzt 'rein« erklärte die Vorzimmerdame grosszügig.

Kuntze stand auf. Seine Knie waren weich. Er hatte immer geglaubt, dass das eine blödsinnige Formulierung aus Büchern sei. Man konnte Muskelkater haben, Knie konnten schmerzen, stechen oder zittern, aber weich.. Seine waren jedenfalls weich. Es war beeindruckend. Er blickte zu Hagan, der unter seiner Solariumsbräune kalkweiss war. Er nahm die Türklinke, schaute zurück auf die Vorzimmerdame, sagte »Ökonom« und trat ein.

DER BOSS

oder

SAGT NICHT, WIR HÄTTEN EUCH NICHT GEWARNT

Eddy van Hirsch - allein der Gedanke, irgendwann mal diesem mächtigsten aller Plattenbosse gegenüber zu stehen, jagte jedem Musiker westlich des Äquators Schauer der Erregung über den Rücken. Eddy van Hirsch - der Name war Religion.

Sein Ruf eilte ihm voraus, und man erzählte sich hinter vorgehaltener Hand unglaubliche Geschichten über ihn: »Psst, wusstest Du schon, dass van Hirsch in Wirklichkeit die Stimme von Michael Jackson ist?« oder: »Van Hirsch hat Madonna entdeckt, als sie ihm einen Hot Dog servierte«.

Van Hirsch wäre - was niemand bezweifelte - in der Lage, Karel Gott eine Heavy-Metal-Platte aufnehmen zu lassen, die sich sofort nach Erscheinen in den Top Ten häuslich niederlassen würde. Manche Geschichten über ihn handeln davon, dass er es schon getan hat und dass K. Gott unter dem Namen 'Chuck, the God' Leadsänger der Band 'Destroyers of the Universe' war, die ja mittlerweile bekanntermassen zwei Diamantschallplatten für zwanzig Milliarden verkaufter Exemplare verliehen bekommen haben.

Eddy van Hirsch also sagte, als Kuntze und Hagan sein Büro betraten:

»Hi, Jungs, was kann ich gegen Euch tun, ha ha ha«.

Kuntze war nicht sicher, was er erwartet hatte. Vielleicht hatte er gedacht, van Hirsch sässe lässig auf seinem Sessel, die Cowboystiefel locker auf dem Schreibtisch liegend, natürlich mit seinen Füssen drin. Vielleicht hatte er auch gedacht, van Hirsch wäre ein riesiger, gutaussehender Typ, den man eher in einer Zigarettenwerbung vermuten würde. Sicher aber hatte er damit gerechnet, van Hirsch sehr, sehr eindrucksvoll zu finden.

Was er sah, war ein Ungetüm von einem Schreibtisch. Drei gelbe und ein rotes Telefon klingelten ununterbrochen, und an den Wänden hingen Bravostarschnitte. Van Hirsch war nirgends zu sehen. Es sei denn, das ungefähr einsfünfzig grosse, glatzköpfige, zigarrerauchende Männchen in dem viel zu engen grosskarierten Jackett, das gerade um die Ecke vom Schreibtisch lugte, wäre aus dem Grund in van Hirsch's Büro, weil es seins war.

»Sprachlos, was? Gut, gut, also gebt mal her, Euren Schrott« piepste das Männchen.

Kuntze atmete heftig ein. Das also war der Moment, auf den er jahrelang gewartet hatte. Er hatte nicht gerade mit einem Trommelwirbel gerechnet, aber gegen eine kleine Snare-Drum hier und da hätte er bestimmt nichts einzuwenden gehabt. Nun denn.

»Hab' hier 'n Lied« sagte er.

»Ach was« dröhnte van Hirsch, »und ich hab' gedacht, Ihr kommt die Fenster putzen. War ja nur Spass« fügte er hinzu, als er Hagans verängstigten Blick sah.

»Ich bin« sagte van Hirsch, »nur für Euch da. Ich hab' mir sozusagen den Rest meines Lebens freigenommen, um Euren Kram anzuhören. Wie lang ist denn das Teil?«

»Drei Vierzig« sagte Kuntze zögernd. Van Hirsch sah auf

seine Uhr. Dann zog er sich mit einem gekonnten Klimmzug an seinem Schreibtisch hoch und drückte den Knopf der Sprechanlage.

»Elvira« ranzte er, »Die nächsten fünf Minuten und vierzig Sekunden keine Anrufe, klar? Höchstens..« er ratterte, so schien es Kuntze, das halbe Telefonbuch herunter. Kuntze sah ebenfalls auf seine Uhr. Die E-Gitarre mochte möglicherweise die richtige Zeit anzeigen, aber da sie seit einer halben Stunde die volle Ladung Kuntzeschen Angstschweisses abbekommen hatte, war sie völlig beschlagen. Van Hirsch war mit der Aufzählung von Leuten fertig, die alle wichtiger waren als Kuntze, und fing nun mit der Aufzählung von Leuten an, die wichtiger waren als Hagan. Elvira krächzte durch die Sprechanlage, ob die Herren vielleicht einen Kafféé wollten und van Hirsch schielte zu Kuntze.

»Wollt Ihr etwa Kaffee?« fragte er. Hagan schüttelte den Kopf. Die blonden Locken flogen. Kuntze hätte gerne Kaffee gehabt.

»Ja, ich hätte gerne 'n Täss..«

Er liess den Satz vermurmeln. Der Blick von van Hirsch sagte alles. Es war die Art von Blicken, bei denen sich Kuntze wünschte, er könnte die Wörter 'Ja, ich hätte gerne 'n Täss' irgendwie in seinen Mund zurückziehen, aber leider waren die Wörter viel zu schnell für irgendeine Reaktion und waberten mittlerweile längst unter der Decke des Büros.

»Nein, Elvira, die Herren möchten keinen Kaffee« sagte van Hirsch eisig, »die Herren sind hier, um mir was vorzuspielen«.

Kuntze und Hagan nickten gleichzeitig und holten gleichzeitig jeweils eine von den Cassetten hervor. Schlauerweise griff Kuntze in einer Art Reflex in die linke Hosentasche, während Hagan sich mit seiner Jackeninnentasche 'rumquälen musste. Kuntze gewann um Längen.

»Also« hob er an, »ich erkläre mal eben..«

»Halt« schrie das Männchen van Hirsch, »traust Du mir vielleicht nicht zu, dass ich das selber hören kann? Wofür hältst Du das hier?« er zupfte sich an seinen enormen Ohren.

»Ohren« sagte Kuntze.

»Nur viel grösser« sagte Hagan trocken und Gottseidank so leise, dass van Hirsch es nicht hörte.

»Na also«; van Hirsch beruhigte sich wieder, »ausserdem mach' ich das ja nicht erst seit gestern, gell?« Er grinste. »Wenn Du nur kurz..« er deutete auf das Regal, wo eine sündhaft teuer aussehende Anlage stand. Das Tapedeck stand ganz oben, zweifellos zu hoch für seine Ärmchen.

»Der gute, alte Luigi hat wohl gedacht, ich wäre King Kong, als er mein Büro gestylt hat« gluckste van Hirsch, »sieht doch aber hübsch aus, gell?« Kuntze nickte beflissen, schob eine Cassette in den Recorder, schaltete den Verstärker ein, drehte den Lautstärkeregler auf 'Brüll' und drückte auf die Taste, auf der 'Mode execute ready' stand. Er hielt das für die aktuelle Version von 'Start'.

Wenn Sie jemals einen Fiat fünfhundert besessen haben sollten und wenn Sie mit diesem jemals frontal mit einem Panzer zusammen gestossen sind, dann wissen Sie, falls Sie überlebt haben, was der Fiat für Schaden nimmt. Wissen Sie auch, was dem Panzer passiert?

Nicht nur nichts, sondern rein gar nichts war zu hören.

»Auch gut« murmelte van Hirsch. Er drückte auf die Sprechanlage. Schon wieder nichts. Er drückte auf den

Knopf der Sprechanlage.

»Sie wünschen?« sagte Elvira.

»Elvira«, van Hirsch war den Tränen nahe, »würden Sie bitte bei Woolworth anrufen? Die Lala ist schon wieder kaputt«.

»Haben Sie schon wieder mit dem Netzstecker gespielt, Sie Schelm?« fragte Elvira säuerlich.

Hagan hatte inzwischen den Netzstecker gefunden und steckte ihn in die dazugehörige Steckdose. Der Lautstärkeregler stand immer noch auf Brüll.

Blättern Sie zurück und lesen Sie den letzten Satz in aller Ruhe nochmal; so lang ist er ja nicht. Lassen Sie diese Aussage auf sich wirken. Wenn Sie damit nichts anfangen können, gehen Sie zu Ihrer Musikanlage, drehen den Lautstärkeregler auf Brüll und schalten danach erst den Strom ein. Ich hoffe, Ihr Hausarzt wohnt in der Nähe.

»Boah« sagte van Hirsch erstaunt, »das war doch mal was«.

»Das war's noch gar nicht« sagte Kuntze kleinlaut. Er drehte den Lautstärkeregler wieder zurück.

Mode execute ready.

Wie immer verschwammen sämtliche Welten und Realitäten, verwoben sich ineinander zu einer einzigen grossen Welle des Glücks und der Zufriedenheit, und Kuntze hatte drei Minuten und vierzig Sekunden das Gefühl, mit allen Problemen fertig werden zu können.

Drei Minuten und vierzig Sekunden dauerte der Song.

Drei Minuten und vierzig Sekunden sind eine verhältnismässig kurze Zeit, wenn man dabei vier Telefongespräche führt, einmal auf's Klo geht und ab und zu über Kopfhörer eine CD abhört.

Van Hirsch tat genau das.

Der Song war zu Ende.

»Prima, Jungs, wirklich prima. Müsste schon mit dem Teufel zugehen, wenn das keine potentielle Nummer eins ist. aber..« van Hirsch machte eine bedeutungsschwangere Pause, »..nichts für unsere Company. Verstehst Du..« er beugte sich über den am Boden liegenden Kuntze »..wir machen gar nicht mehr so'n West-Coast-Zeug. Das ist nicht das, was die Kids hören wollen. Überhaupt ist es nicht das, was irgendwer hören will. Das ist wahrscheinlich 'ne richtige Niete. Nicht böse sein, gell?«; er wischte sich den Schweiss von der Stirn. »Ich sehe da überhaupt kein Feedback, Jungs. Diese Nummer hat garantiert kein Airplay. Das grooved nicht, da geht nichts ab. Tausendmal gehört, aber viel besser, gell, und tausendmal zuviel«.

Kuntze und Hagan sahen so aus, als hätte man ihnen nur die Zunge herausstrecken müssen, um sie zu Tode zu erschrecken.

»Obwohl« dozierte van Hirsch weiter, »es gäbe da vielleicht eine klitzekleine Möglichkeit.«

»Und wie geht die« fragte Kuntze hoffnungsvoll.

Van Hirsch ging im Raum auf und ab. Er verschränkte die Hände hinter dem Rücken und legte die Stirn in grüblerische Falten. Ausserdem schien es Kuntze, als sei er in den letzten Minuten um einiges gewachsen.

»Als erstes müsste mal ein anderes Schlagzeug her. Euer Drumcomputer klingt wie Matsch. Dann braucht Ihr 'n richtig guten Gitarristen, und der..« er sagte er mit erhobenem Zeigefinger, »müsste dann Posaune spielen, gell. Titten müssen her, viele, viele Monstermöpse, also Mädels, die auf der Bühne 'rumzappeln.

Und der Ablauf stimmt nicht. Kein Mensch will heute noch Verse hören. Refrain, Refrain, Refrain, das ist es, was die Welt braucht«.

Er war schon wieder ein ganzes Stück gewachsen, und einen Moment lang hatte Kuntze den Eindruck, als sähe er auf seiner Glatze links und rechts zwei kleine, hornartige Geschwüre.

»Darüber hinaus müsste man natürlich die Harmonien verändern. Man könnte auch nicht in D-Dur arbeiten, sondern es muss natürlich gis-moll sein, gell?«

»Natürlich« murmelte Kuntze.

»Drei vierzig ist so ungefähr die beknackteste Länge, die ich mir vorstellen kann« überlegte van Hirsch, »das Ganze zehn Minuten lang - wegen der GEMA-Kohle - und Dub-Mix. Das könnte gehen, gell«.

Dann fiel ihm noch etwas ein.

»Ach ja« sagte er sinnend und blickte listig zu Kuntze, »der Text. Es muss in der ersten Zeile schon anders heissen:

»There's no more beer inside my bed

when you're gone, and I cry

there's no more whisky in the sheets

'cause they're washed, and now they're dry..«

schlug er vor.

Kuntze wurde von einer Welle der Zuversicht gepackt.

»Das krieg' ich schon hin, gell« flüsterte er.

»Nein, nicht Du. Da hab' ich Leute. Die machen das für Dich. Du sitzt zuhause und wartest ab. Wir nehmen alle drei Minuten einen neuen Produzenten. Stockfisch fängt an, dann übernimmt Ätzmolch und den Schluss überlassen wir Wassermann. Der kann auch den Sänger aussuchen, gell?«

Die Telefone in van Hirschs Büro hatten aufgehört zu klingeln. Das lag unter anderem daran, dass Hagan mit der Schnur des Roten, die er aus der Wand gerissen hatte, und dem Hörer des einen Gelben auf van Hirsch losging. Wahrscheinlich hatten die beiden anderen Gelben vor Schreck aufgehört.

»Joe, mach' das nicht« sagte Kuntze sehr, sehr leise, damit Hagan ihn auf keinen Fall hören konnte. Immerhin, sagte er sich, war er Produzent und kein Mörder, aber genug ist genug.

Hagan hatte auch genug.

»Groar« sagte er oder irgendwas in der Art und war gerade im Begriff, den inzwischen mächtigen Brustkasten seines Gegenübers zu zertrümmern, als der ganze Raum in einer Rauchwolke verschwand, die aus van Hirschs Nase kam.

Eddy van Hirsch, drei Meter gross und sauer.

»Du gehst erstmal zum Friseur, Du Null« fauchte er und fegte Hagan beiseite. Dann wandte er sich Kuntze zu.

Übrigens hatte der dritte Polizist den feuchten Fleck zwischen Kuntzes Beinen sehr wohl bemerkt, aber taktvoll geschwiegen. Taktvolles Schweigen wäre jedoch in dieser Situation nicht angebracht gewesen, denn Kuntze ruinierte gerade den teuren Teppich in van Hirschs Büro.

»Hör auf, auf meinen Teppich zu pinkeln« sagte er

freundlich. Er nahm Kuntze und Hagan an dem, was man früher Schlafittchen genannt hat und stemmte beide problemlos einen Meter über den Boden.

»Hör zu, Kleiner« sagte er zu Kuntze, »wenn Du darüber nachgedacht hast, ruf mich an. Du weisst doch, wie's läuft«.

Kuntze war fast ohnmächtig, aber das kam ihm doch irgendwie bekannt vor. Van Hirsch kam ihm jetzt auch irgendwie bekannt vor. Drei Meter gross, Rauch aus der Nase, hornartige Geschwüre..kommt Ihnen das nicht irgendwie bekannt vor?

Kuntze in der einen, Hagan in der anderen, öffnete er mit seiner dritten Hand die Tür. Das ist Ihnen nach der Lektüre von Kuntze oder der Deal auch nicht ganz neu, nicht wahr?

»Dieses ist ein Rausschmiss« sagte er und das war es.

DER DEAL

oder

NÄCHSTES MAL, JUNGS

Kuntze und Hagan gingen mit weichen Knien zum Auto. Kuntze kannte das Gefühl bereits, und er erklärte Hagan, dass Knie eigentümliche Angewohnheiten entwickeln können.

»Blasen auch« sagte Hagan.

»Teufel auch« sagte Kuntze, »hast Du eigentlich mitgekriegt, was da gerade abgegangen ist?«

»Nee« sagte Hagan, »zuviel Rauch«.

Er zündete sich eine Zigarette an.

»Wir müssen uns beeilen, wenn wir den nächsten Termin noch schaffen wollen« meinte er leichthin, »aber eins muss ich Dir noch mal sagen, Mann. Dieser Hirsch ist echt 'ne witzige Type. Und noch was..« er holte tief Luft.

Ihre Augen trafen sich.

Und zwar in der Mitte.

»Hast Du noch Chips?« stiess er hervor.

»Steig ein« sagte Kuntze.

Nach hundertfünfzig Kilometern drehte Hagan das Radio leiser und sah Kuntze an.

»Sag mal« fragte er vorsichtig, »wie heisst Du eigentlich mit Vornamen?«

»Keine Ahnung« erwiderte Kuntze und fuhr der Sonne entgegen.

Nachwort

Diese Story schreit nach einer Fortsetzung. Sie bettelt, sie fleht, sie lechzt gewissermassen nach einer. Unternehmen die Beiden einen neuen Versuch? Schreibt Kuntze einen Hit nach dem anderen? Was wird aus Sheila? Wer sind die drei Herren im schwarzen Rolls-Royce? Wo kommen die zwei Millionen auf Kuntzes Konto her?

Aber das ist eine andere Geschichte und soll möglicherweise ein andermal erzählt werden.

Ende